ATELIER

DE FEU

PAUL GAYRARD

STATUAIRE

Vente le Lundi 14 Avril.

PARIS
IMP.
MAULDE & RENOU
rue Rivoli

CATALOGUE

DES

MARBRES

BRONZES, PLATRES, CIRES, ETC.,

Tableaux, Dessins, Gravures, Livres & Objets d'art,

QUI COMPOSAIENT L'ATELIER

de

FEU PAUL GAYRARD, STATUAIRE,

DONT LA VENTE AUX ENCHÈRES PUBLIQUES AURA LIEU

par suite de son décès

RUE DE LA VILLE-L'ÉVÊQUE, 54

Le Lundi 14 Avril 1856, à 1 heure.

Par le ministère de Mᵉ **POUCHET**, Commissaire-Priseur,

Sʳ de M. **RIDEL**, rue St-Honoré, 217 (ancien 333)

Assisté de M. FRANCIS **PETIT**, Expert, Boulevart Poissonnière, 24

chez lequels se distribue le présent catalogue.

EXPOSITION PARTICULIÈRE

Le Samedi 12 Avril 1856, de midi à 5 heures.

EXPOSITION PUBLIQUE

Le Dimanche 13 Avril 1856, de midi à 5 heures.

1856

CONDITIONS DE LA VENTE

Elle sera faite au comptant.

Les acquéreurs payeront en sus des adjudications 5 pour 100 applicables aux frais.

DÉSIGNATION.

MARBRES.

1 — Groupe, dit des Écossais.

    Trois Enfants jouant avec un Chien.

                Grandeur nature.

2 — Buste de Mademoiselle Sophie Cruvelli.

                Grandeur nature.

3 — Buste de Mademoiselle Dameron.   Id.

4 — Deux bustes des enfants d'Albe.   Id.

5 — Buste d'homme avec ajustement.   Id.

6 ... Buste d'enfant.   Id.

7 — Buste de M. le baron de P***.   Id.

8 — Buste, Brutus enfant.   Id.

9 — Buste de M. ***   Id.

10 — Statuette de femme, dite la reine Amélie.

11 — Statuette de femme : la Lecture.

12 — Statuette de femme tenant un bouquet.

Ébauchée.

13 — Statue allégorique.   Grandeur demi-nature.

La Peinture flamande.   Ébauchée.

14 — Deux médaillons : jeunes Femmes.

15 — Petit Chien.   Grandeur nature.

16 — Le Génie des Beaux-Arts, par R. GAYRARD.

Grandeur quart nature.

17 — L'Hiver, statue d'enfant, par R. GAYRARD.

Grandeur nature.

18 — Statue tronquée.   Marbre antique.

BRONZES.

19 — Buste de Roger.   Grandeur nature.

20 — Buste de Roger.   Réduction.

21 — Petit buste de Cerrito.   Deux exemplaires.

22 — Chien.   Grandeur nature. Premier exemplaire.

23 — Id.   Réduction.

24 — Levrier écossais.

25 — La course des Singes.

---

26 — Petite statuette de femme.   Bronze antique.

27 — Un petit buste de femme de Pajou.

BOIS.

28 — La Vierge assise, avec l'Enfant-Jésus.

Statue, ornée à la manière byzantine, de pierreries, peintures et dorures.

Grandeur demi-nature.

PLATRES.

29 — Groupe de Daphnis et Chloé.

Grandeur demi-nature.

30 — Statue équestre de S. M. l'empereur.

Grandeur demi-nature.

31 — Buste de Roger. Id.

32 — Buste de Mademoiselle Cruvelli. Id.

Deux exemplaires.

33 — Buste de Cerrito.

Grandeur nature.

34 — Buste de Mademoiselle Dameron.

35 — Buste de Mme Volnys.

36 — Petit buste de Mlle Figeac.

37 — Buste de Mlle. le docteur Trousseau.

38 — Statuette de Monrose. Dernier exemplaire.

39 — Statuette de Mademoiselle Bourbier.

Exemplaire unique.

40 — Le Sonneur de trompe. Groupe équestre.

41 — Le Levrier écossais.

42 — Le Lièvre forcé.

43 — Plusieurs petits bustes.

44 — Quatre petits piédestaux.

---

45 — Quatre statuettes moulées sur l'antique.

46 — Différents morceaux de sculpture gothique.

47 — Bas-reliefs du Parthénon.

48 — Deux têtes de chevaux antiques.

49 — Membres de chevaux.

50 — Un lot de moulages ordinaires, pieds, mains, etc.

51 — Différents lots de petites esquisses et ébauches en cire et en terre desséchée.

BRONZES.

A acquérir avec toute propriété de reproduction.

52 — Napoléon 1er en costume impérial.
Statue équestre. Demi-quart nature.

53 — Cinq-Mars.   Id.   Quart nature.

54 — Xénophon.   Id.   Demi-quart nature.

55 — Monrose en valet de Molière.

56 — La Camargo.

57 — Deux Levrettes; une assise, l'autre couchée.

58 — Quatre petits bas-reliefs, sujets de chasse.

59 — Petit buste de Madame la duchesse de Berry.

60 — Petit buste de M. le comte de Chambord.

61* — Cheval d'attelage.   Grand modèle.

62* — Chien.   Grandeur nature.

63* — Chien.   Réduction.

64* — Petit King-Charles.   Grandeur quart nature.

65* — Combat du *Rattler*. Groupe de chien et de
rats.   Grandeur quart nature.

66* — Petit buste de Cerrito.

Ces six derniers numéros sont exploités en PLATRE par Mr Paul
Gaynard.

PLATRES.

à acquérir avec toute propriété de reproduction.

67* — Le petit Pêcheur au trident.
>   Dernière œuvre de l'auteur. Statue grandeur nature.

68* — La Vierge assise avec l'Enfant-Jésus.
>   Grandeur quart nature.

*Mme PAUL GAYRARD se réserve le droit de reproduction de ces deux œuvres en marbre et en plâtre.

69 — Jeanne d'Arc.
>   Statuette équestre. Grandeur quart nature.

70 — Mazeppa.
>   Statuette équestre. Grandeur quart nature.

71 — Groupe, dit des Écossais. Trois enfants jouant avec un chien.   Grandeur quart nature.

72* — Statue de Monthyon.   Id.

73* — Statue de Jean Aubry.   Id.

*Esquisses des deux statues placées à l'Hôtel-de-Ville.

74 — Une figure de la République.

75 — Les quatre Évangélistes.

76 — Amazone grecque.
>   Grandeur demi-quart nature.

77* — Statue de Colbert.   Tiers nature.

78* — Statue du maréchal Soult.   Id.

*Esquisses des deux statues placées au Louvre.

79 — Cheval.   Grandeur demi-nature.

80 — Statuette de Mademoiselle Ida dans le rôle de
        Stella (Calligula).   Exemplaire unique.

81 — Buste de Mademoiselle Alboni.   Modèle.

82 — Buste de Mademoiselle Masson.

83 — Réduction d'une chapelle d'architecture go-
        thique.

84 — Une lampe gothique

85 — Une poignée d'épée.   Modèle très-terminé.

86 — Différents moulages sur nature, pieds, mains,
        dos, torses, etc

87 — Plusieurs beaux morceaux de draperies mou-
        lées.

88 — Tête de Sanglier moulée sur nature.

CIRES.

à acquérir avec toute propriété de reproduction.

89 — Napoléon Ier en empereur romain.
        Statuette équestre. Grandeur demi-quart
    nature.

90 — Napoléon Ier au petit chapeau.
        Statuette équestre. Grandeur quart nature

91 — Napoléon Ier avec le manteau impérial.
        Statuette équestre. Grandeur demi-quart
    nature.

92 — Napoléon III, petite statuette équestre.

93 — Le Départ pour la chasse. Groupe équestre
d'amazone, moyen âge, page et chiens.
Grandeur demi-quart nature.

94 — Autre Amazone   Grandeur demi-quart nature.

95 — Le Mariage de la Vierge. Groupe de trois figures.   Très-terminé.

96 — Vierge debout avec l'Enfant-Jésus.

97 — Quatre figures d'anges.

98 — Petite femme couchée.

99 — Le Centaure et la Centauresse.

100 — Bouc à longs poils.

101 — Tête de cheval.

102 — Deux petits Enfants.
Groupe destiné à un couronnement.

103 — Cheval antique au départ.   Groupe ébauché.

TERRES CUITES.

104 — Vénus endormie.

105 — Femme couchée.

106 —   Id.

TERRES DESSÉCHÉES

(Esquisses, Ébauches)

107 — Groupe destiné à un modèle de pendule : le Temps assis sur le globe terrestre, soutenu par quatre enfants, allégorie des saisons.
Grandeur demi-quart nature.

108 — Jeune Fille avec une colombe.   Id.

109 — Petits Faunes tourmentant un Satyre. Id.
Grandeur un quart nature.

110 — Le Rocher de Sainte-Hélène.

111 — Élégie.

112 — Statuette de Femme assise.

113 — Groupe d'homme et de femme. Le Guerrier au repos.

TABLEAUX.

HOGUET.

124 — Vue de Paris.

ISABEY (EUGÈNE).

125 — Un Campement.
126 — Paysage, esquisse.

ROUSSEAU (TH.)

127 — Paysage, la Mare.
128 —   Id.   le Pêcheur.

ROUSSEAU (PH.)

129 — Nature morte.

OUDRY.

130 — Chasse, esquisse. en grisaille.

ÉCOLE ITALIENNE.

131 — L'ange Gabriel.
132 — Études diverses, d'après A. de Dreux,
       Giroux, etc.

DESSINS & AQUARELLES.

BELLANGÉ.

133 — Le Portrait.   Aquarelle.

BOULANGER (CLÉMENT).

134 — Jeune Fille portant une corbeille de fruits.
                          Dessin rehaussé.

CABAT.

135 — Paysage, le Lac.   Aquarelle.
136 — Paysage et Animaux.   Id.

CHARLET.

137 — La Leçon d'équitation.   Id.
138 ... Le Tailleur et la Fée.   Dessin rehaussé.

DECAMPS.

139 — La Caravane.   Dessin rehaussé.

DE DREUX (ALFRED).

140 — Cromwell.   Dessin.

DORCY.

141 — La Moisson.   Pastel.
142 — Jeune Fille.   Pastel.

GIROUX (ACHILLE).

143 — Divers croquis.   Dessins.

GAVARNI.

144 — Le Juif Errant.   Aquarelle.

MARILHAT.

145 — Trois planches de croquis d'Orient.   Dessins.

ROBERT.

146 — Intérieur de Parc.

PAPETY (DOM).

147 — La sortie du Bain, intérieur grec.   Aquarelle.
Composition très-importante.

ROQUEPLAN.

148 — Petits Pêcheurs.   Aquarelle.

SANDOZ.

149 — Envahissement de l'Assemblée constituante
Dessin.
150 — Lamartine au faubourg du Temple.   Id.

VILLERET.

151 — Ville de Normandie.   Aquarelle.
152 — Quelques dessins anciens.
153 — Portrait de Prud'hon.   Miniature.

GRAVURES & LIVRES.

154 — Portefeuille de gravures et lithographies.
155 — Gravures diverses encadrées.
156 — Galerie historique de Versailles. 10 vol. reliés.
157 — Galerie des Peintres célèbres, Raphaël, Michel-
Ange, Corrége. 6 vol. reliés.
158 — Ouvrage sur l'équitation et les haras.
159 — Devises pour les tapisseries du roi, les quatre
Éléments et les quatre Saisons.

160 — Trésor de numismatique.

161 — Mémoire artificielle des principes relatifs aux animaux.

162 — Livres divers.

OBJETS DIVERS.

163 — Petit modèle d'armure.

164 — Deux pipes en bois sculpté.

165 — Deux pipes en ivoire sculpté.

166 — Une tête de Bouc à longs poils (naturalisée).

167 — Tête de Cheval et membres disséqués.

168 — Bois de Cerf.

169 — Diverses Médailles en bronze.

170 — Quelques verres de Venise et d'Allemagne.

171 — Un Vase en porcelaine de Chine monté en bronze.

172 — Une petite Boîte en coco travaillé.

173 — Diverses Vases en grès et porcelaine.

174 — Piédestaux de formes diverses.

175 — Six Selles dont trois élégantes.

176 — Une quantité de Supports en bois, velours, plâtres, etc.

177 — Une grande armoire en acajou massif, avec cuivres, époque de Louis XV.

Maulde et Renou, Imprimeurs de la Compagnie des Commissaires-Priseurs, rue de Rivoli, 144.

www.ingramcontent.com/pod-product-compliance
Lightning Source LLC
LaVergne TN
LVHW021503060726
842527LV00006B/2420